藝術

十一月

里昂

時間

LYON

三角

戰爭

金龍

西

THE NEW

RNAL

献给我的家人和祖先。

里昂的汉字

[德]吴祎萌 著/绘

浙江少年儿童出版社·杭州

在法国里昂

一栋古老的房子里……

露西在爷爷奶奶家昏暗的阁楼上发现了一个旧皮箱，她很好奇，里面究竟有什么呢？

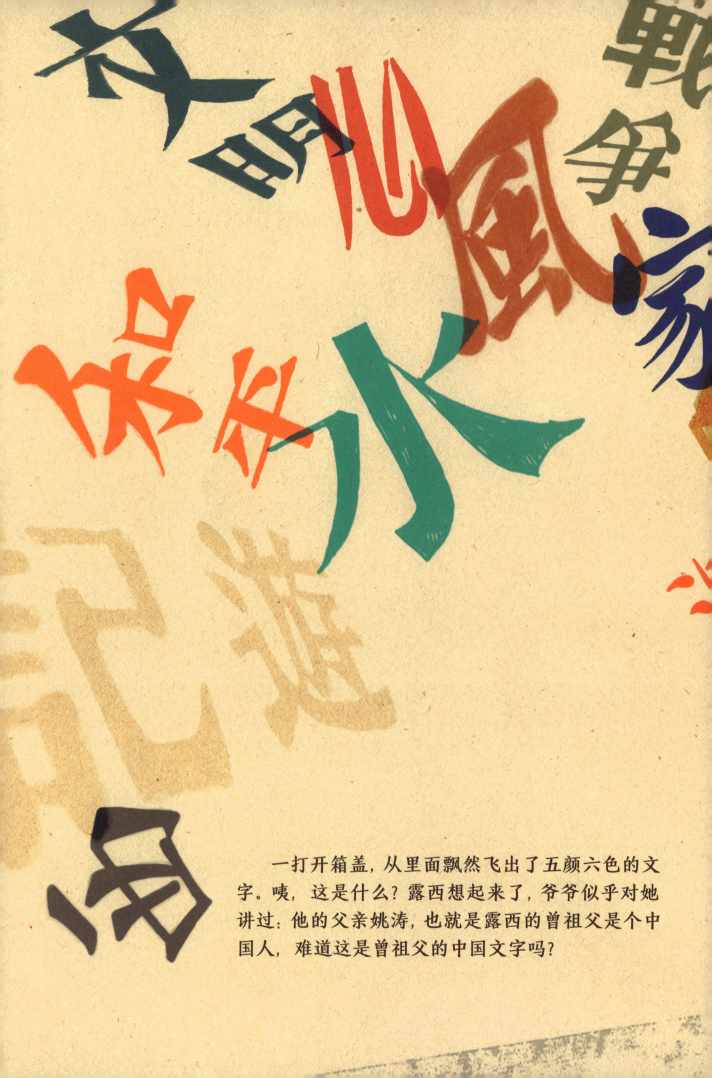

一打开箱盖，从里面飘然飞出了五颜六色的文字。咦，这是什么？露西想起来了，爷爷似乎对她讲过：他的父亲姚涛，也就是露西的曾祖父是个中国人，难道这是曾祖父的中国文字吗？

　　其中有一个字在昏暗的光线中渐渐地显露出来，它翩然降落，悄悄地在露西耳边说："真好，露西！你发现了我们。我是汉字'水'，让我带你揭开这些汉字的秘密，经历一次历史再现之旅吧。"露西高兴地点点头。

　　"水"开始述说露西的曾祖父的故事。太平洋在她的眼前缓缓展开……

那是个遥远的年代，姚涛——彼时年纪尚轻的曾祖父和他的父亲刚从老家北京乘长途火车到上海，父子俩正站在上海的码头上道别。

年迈的父亲手中握着一把小小的果实，他递给儿子说："祝你一路顺利！这是你母亲从家中院子里的银杏树上采集的种子，等你到了异国他乡，它便是一份对家乡的念想。"

姚涛和一群来自全国各地的年轻学生一起，踏上前往欧洲留学的旅程。在他们身后送行的有工人、学生还有商人。此时，他们的国家正遭受着战争的灾难性打击，这些年轻人既渴望美好的生活，期待光明的未来，同时也为背井离乡而忧愁。

　　许多人都是第一次乘坐远洋渡轮。汽笛拉响了三声，轮船缓缓地离开了码头，上海渐渐地消失在地平线之后。

马达声回荡在浩瀚的太平洋上，巨轮向西航行着。

时间仿佛滴水般缓慢，几个星期过去了，旅程在一海里一海里中逐渐缩短。

在狭窄的三等舱里，姚涛和他的伙伴们打牌、读书、论谈……消磨着漫长的时光。

　　历经三十五天的航行之后，他们终于到达了目的地——法国。登上马赛的码头，姚涛和他的伙伴们第一次踏上了法国的土地，周围的人们互相说着一种他们听不懂的语言。

　　他们的旅行并未就此结束，这群年轻的中国人又直接乘火车去了里昂。

"还有多远的路程？姚涛他们还没有到吗？"露西急切地问道。

　　"水"回答她："快到了！你瞧，窗外就是罗纳河，前面就是里昂。"

　　不等"水"把这句话说完，又一个汉字飘落在露西面前："你好，露西！我是汉字'地'。瞧！火车已经进入里昂车站，刚停下来，姚涛和他的中国同伴们就迫不及待地下了火车。姚涛手里提着一个皮箱——里面装着书和几件换洗的衣服，他正迫切地想要了解这座城市。"

里昂

INSTITUT FRANCO-CHINOIS

中法大學

ST-JUST

罗纳河两岸毗邻相依、高低错落的漂亮老房屋令姚涛印象深刻，这让他回想起自己临行前，曾在一本介绍欧洲的书中看到过一张照片，上面展现的似乎是同样的场景，连人们的着装举止都很相似。身处这些衣着华丽的人中间，姚涛觉得自己有些相形见绌。

抵达圣·依雷内堡之后，姚涛和他的中国同伴们受到热情迎接，他仿佛感受到了来自故乡的温暖。这个地方也被称为"中国城堡"，已经有一些中国学生在这儿学习法语，为将来在法国的学习和生活做准备。

La Mode
VÊTEMENTS DE CÉRÉ
POUR HOMMES

學

E

法语老师给他们一一介绍当地的风俗习惯。不久，姚涛用一件中式长衫换到了一件深色西装，他还结识了许多来自其他国家的留学生朋友，和他们一起练习法语、打网球和滚球。

起初，法国料理让他难以下咽，为什么法国人爱吃法式面包那硬硬的外皮，还有那黄黄的、怪怪的、味道难闻又被称作"奶酪"的东西？渐渐地，姚涛开始习惯享用这些食物，Bon appétit!（真美味！）

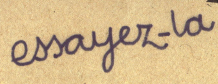

　　姚涛夜以继日地学习法语，甚至在睡梦中还时常轻声嘟囔着法语单词。尽管那些单词又长又难记，但他深知，想成为一名医生就必须攻克语言的难关。

　　年轻的他也常常思念家乡，每次收到北京的来信，他总是很忧郁，想家的同时，也怀念北京热闹的街头。

一个星期天，姚涛走出学校，在街巷里散步。典型的带有后庭的里昂民居，让他联想到北京的胡同。转过几条小巷后，他迷路了，不知身在何处。

　　这时，迎面走来一位年轻姑娘。姚涛鼓足勇气走上前，用蹩脚的法语问路："小姐，您熟悉这儿吗？我初来乍到，找不到回去的路了。"

　　"没有问题，先生，您跟着我走吧。"

　　这位姑娘叫罗仁莎，就在附近的缝纫厂工作，熟知这里的每一条小巷。他们一起穿过窄窄的巷子，回到里昂的老街上。姚涛觉得和她在一起很愉快，罗仁莎也被这个略带羞涩的、英俊的东方青年吸引了。

分手时，姚涛握着她的手，怯生生地问道："怎样才能再见到你呢？"罗仁莎笑了。
　　几天后，姚涛和罗仁莎第一次坐在咖啡馆里。他着迷地瞧着罗仁莎的嘴唇，从她口中说出的法语在姚涛听来犹如美妙的音乐。

　　他们互相吸引着，这不仅让姚涛进一步认识了法国，也令罗仁莎迷上了遥远的东方文化。一年后，他们在圣·依雷内堡一起庆祝中国春节，也开始了两人的共同生活。

窗外的红灯笼晃动着，露西和着节拍开始跳舞。她问道："这大概就是我的曾祖母吧？"这时，"家"字出现了，它回答露西："是的，你真是个聪明的孩子。"

  不久，姚涛和罗仁莎结婚了，搬入位于瑞得贝路的一套顶层公寓，离圣·依雷内堡不远。几个月后，他们迎来了儿子弗朗茨·华的出世——一个瞪着黑黑的、亮亮的大眼睛的孩子。

  在这期间，姚涛完成了他的学业，并在一所医院里找到了一份工作。他写信给北京家里，告知家人这两个好消息——他几乎每个星期都给家中写信。

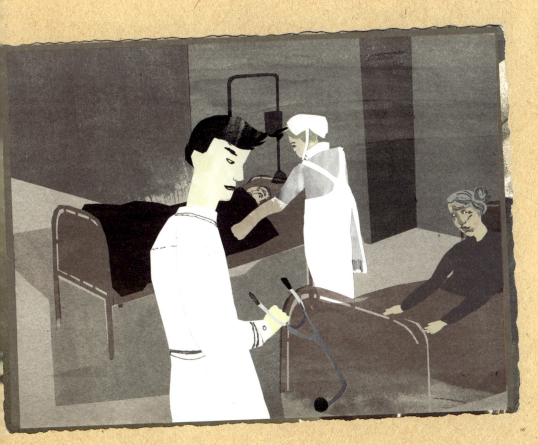

几个星期后，姚涛收到了母亲的一封来信，信中大意是：孩子，你在信中所说的喜讯让我感到很高兴。但你的父亲病得很重，希望你能早日回国一趟。

姚涛十分担忧，他想回去，可他才刚刚适应这里的生活，一时又难以抽身，便与妻子商量。

吾儿，今遥闻汝……吾心甚为欢喜。然近日汝父病笃，念及汝数年在外，恐不得复见，深企速归为幸。

　　"他们打算怎么办？"露西问。这时，又一个汉字飘然而至——东。这是东方的意思。它回答露西："罗仁莎对中国、对姚涛家中的亲人都感到好奇，她愿意去北京认识他们。于是，他们决定一起回中国。"

　　"太好了，我们去中国！"露西很兴奋。

在收拾行李准备动身之际，姚涛想起自己之前种下的从北京带来的银杏种子，此时已经长成一株小树苗了。于是，他将银杏树苗移植到他们居住的瑞得贝路的庭院里，盼望着有朝一日，如果弗朗茨·华重新回到这里，这棵树能唤起他对中国的记忆。

　　在里昂，令姚涛不忍丢弃的还有他从中国带来的皮箱，里面装满了来自家乡的物品。他把它委托给了一位住在圣·依雷内堡的朋友保管。

大西洋

不列颠群岛

德国

法国
里昂
马赛
葡萄牙 西班牙
意大利
奥地利

⊙德黑兰

土耳其

亚历山大港 ⊙
开罗
埃及

沙特阿拉伯

苏丹

埃塞俄比亚

　　带着罗仁莎和弗朗茨·华，姚
涛踏上了漫长的归国旅途。五个星
期后，途经无数个陌生的国度，他
们终于回到了故乡——北京。

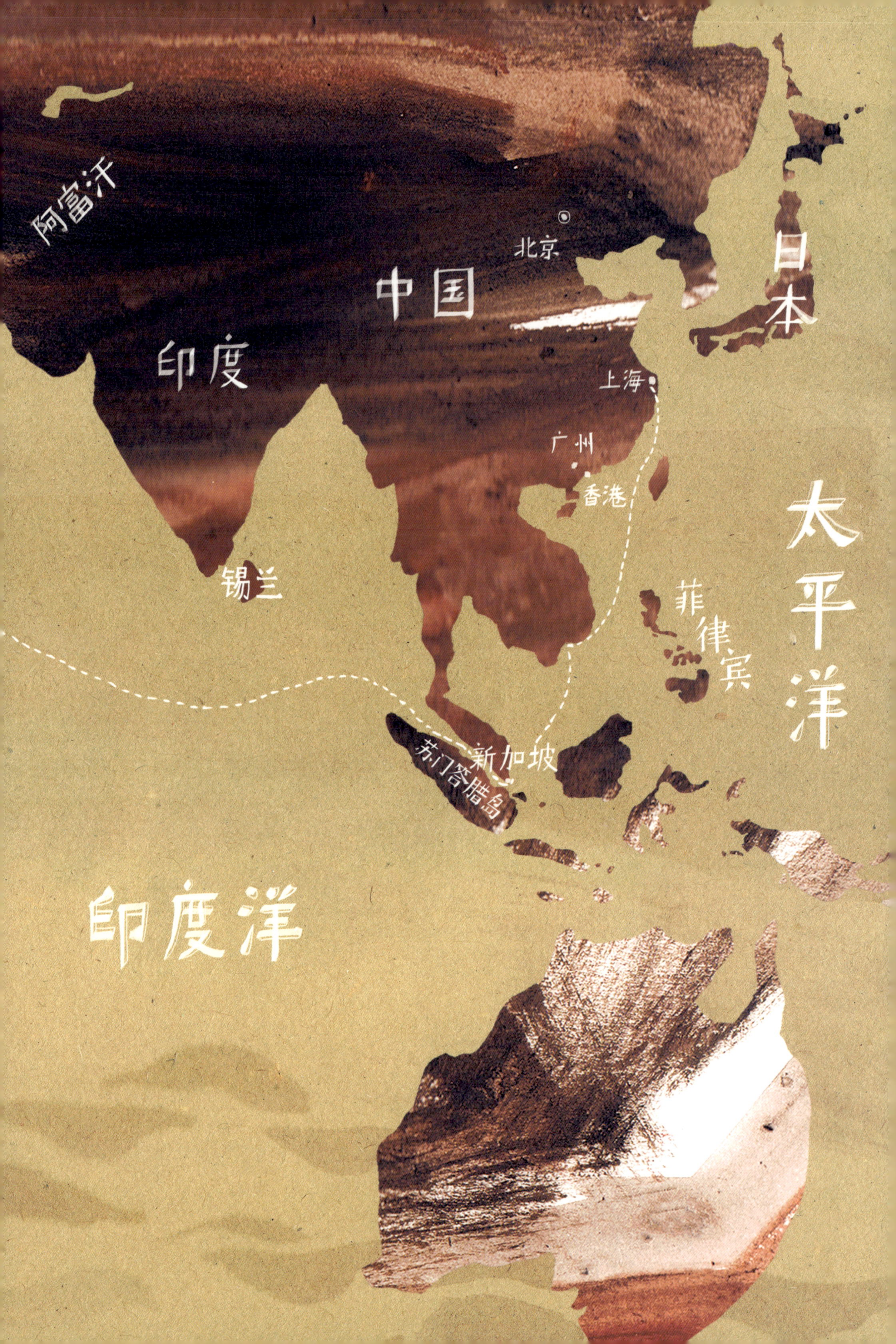
阿富汗
北京
中国
日本
印度
上海
广州
香港
太平洋
锡兰
菲律宾
新加坡
苏门答腊岛
印度洋

北京
1936

　　回到北京，他们受到了姚涛父母、哥哥嫂嫂等全家人的热烈欢迎，从此和他们一起生活在一个四合院里。尽管罗仁莎不习惯中国的传统礼仪，但这对小夫妻还是在双亲面前双双行跪膝礼作为问候。病中的父亲见到儿子非常高兴，他也很喜欢法国儿媳和孙子弗朗茨·华。姚涛给大家带来了礼物，还带来了欧洲的药品。

婆婆送给罗仁莎一块很贵重的丝绸作为结婚礼物，并用这块漂亮的绸缎为罗仁莎做了一件中式旗袍。罗仁莎穿上新旗袍，学会了几句像唱歌似的北京话，仿佛也成了当地人。

　　几个月过去了，罗仁莎对新环境还没完全适应，她体验到了刚到里昂时姚涛的感受，感慨那时的他真不容易。

华文
一二
三
四
中
国

　　尤其是当那些调皮的孩子，站在大街上远远地望着金发碧眼的她，喊着："洋鬼子！"

罗仁莎又从隔壁夫人那儿学会了包饺子。在这期间，姚涛在一所医院找到了工作。他的父亲服用了姚涛带来的药，并经过家人的悉心照料，身体逐渐好转。与此同时，小弗朗茨·华渐渐长大，在庭院里迈出了第一步，在丝瓜藤旁捕捉欢叫不停的蟋蟀……

如此理想的生活只存在于家中的小院里。庭院之外，整个国家都已经沦陷在战火中。1937年夏天，日军悍然发动"卢沟桥事变"，国共两党开展合作，共同抗击日本侵略者，旷日持久的抗日战争全面爆发。

作为医生的姚涛被派往中国北方前线，负责救治伤员。他从来没有这么高强度地工作过，和同事们一起不分昼夜地挽救了无数伤者的生命。

　　其间，日军入侵北京。因姚涛在前线，罗仁莎和弗朗茨·华躲在北京四合院的家中不敢出门。日本兵侵占了这个城市，肆意抢劫，滥杀无辜，种种恶行罄竹难书。

戰爭

吃的东西越来越少。三个月过去了，姚涛杳无音信，一天又一天，全家都盼着他的归来。

一天，家里收到了一份电报，罗仁莎念完后，顿时僵住了。她全身发颤，双腿一软，跌倒在地上……

电报上说，在一次救治过程中，姚涛被炮弹击中，负伤牺牲。全家都沉浸在无限悲痛之中。

罗仁莎茫然无助，涌现在眼前的只有姚涛的音容笑貌，她想尽快忘却这场战争。应该回法国吗？她思考着，不由得抬头仰望天空，她在寻找姚涛是否在天上……

忽然，她领悟了，无论她生活在哪儿，天空还是同样的天空；无论她走到哪儿，姚涛总会陪伴在她身边。

露西不想看到这些，她很害怕，悄悄地躲在皮箱后面："太悲伤了，我不要再继续看下去。"

　　这时，又一个汉字"西"——这是西方的意思——飘落到露西身旁，安慰她："亲爱的露西，这个故事还没有结束，罗仁莎因为思念故乡，决定回法国。"

办完丧礼一个月后，罗仁莎怀着沉痛的心情告别了她的中国家人及朋友们，带着儿子准备踏上回法国的归途。在法国领事馆的帮助下，他们安全地离开了中国。

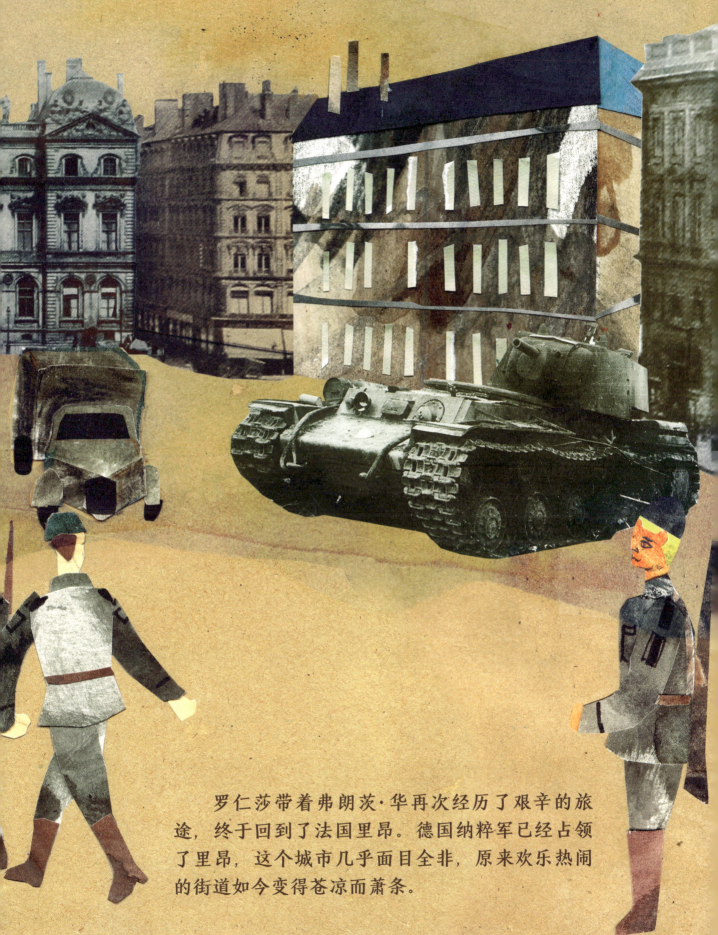

1940

罗仁莎带着弗朗茨·华再次经历了艰辛的旅途，终于回到了法国里昂。德国纳粹军已经占领了里昂，这个城市几乎面目全非，原来欢乐热闹的街道如今变得苍凉而萧条。

电影院、餐馆、商店等大门紧闭，连日常生活最需要的面包、牛奶都要排长长的队才能分到。街道上几乎不见人影，人们都害怕德国纳粹军。

如此悲惨的状况，罗仁莎和弗朗茨·华在北京已经经历过了，他们无法在这儿继续生活下去了！

他们继续旅行，投奔罗仁莎的父母家——他们住在法国的阿尔代什省。

　　和他们一道为躲避德国侵略者而迁徙逃难的还有许许多多的人，他们或是登上拥挤不堪的火车，或是驾车、骑行甚至步行，背着仅有的必需品，离开城市，逃往乡村。大家盼望这恐怖的侵略尽快结束，能够重返自己的家园。

历经千辛万苦，他们终于抵达了弗朗茨·华的外公外婆家。
这儿地处乡野，一片和平宁静。罗仁莎很高兴在时隔多年后又见
到了父母，并且暂时远离了战争。这场罪恶的战争夺去了她丈夫
的生命，她无比盼望着和平的降临。

"他们终于暂时安全了。"露西如释重负。这时，那个被忽略了的"家"字又从地板上缓缓升起，这个汉字的轮廓变得越来越清楚，并且开口说话了："是的，他们还要在那里度过一段漫长的时光，因为战争仍在继续……"

　　在外公外婆的花园里，他们种了蔬菜，并用它们和邻居交换牛奶和鸡蛋。弗朗茨·华也终于可以在外面玩耍了。

　　乡下的生活俭朴而宁静，在晴朗的夜空下，外公带着他的外孙数星星。在这样的时候，罗仁莎总会想起姚涛。
　　广播一直在播送着战争的消息，一年又一年过去了，这场战争似乎看不到尽头。

1945

终于等到了和平的来临。世界反法西斯同盟战胜了法西斯侵略者，法国军队解放了里昂。但这个城市却满目疮痍，处处是被战争毁坏的痕迹。

罗仁莎和弗朗茨·华回到了瑞得贝路的旧居，他们几乎不敢相信自由与和平又回来了。幸运的是，他们的屋子并没有被战争毁坏。在庭院里，一棵挺拔的银杏树昂然挺立。罗仁莎还未从惊讶中缓过神来，大呼："弗朗茨·华，这是你的树!"

　　他们重新开始了正常的生活，罗仁莎找到了一份缝纫工作，有时为了一些特殊场合需要，她也会缝制一些中式的丝绸服装。

　　又过了一段日子，罗仁莎认识了一个新伴侣，后来还和他有了一个女儿马蒂德。弗朗茨·华与其他法国孩子一样，在和平的环境下逐渐成长。在学校上学的时候，大家都叫他弗朗茨。

在中国的那段时间，对如今的他们来说犹如一个遥远的梦。

　　有一天，罗仁莎听到有人在敲他们的门，是一个熟悉的声音，原来是姚涛在圣·依雷内堡时的老朋友。他听说姚涛去世的消息后，带来了姚涛托他保管的皮箱，要交给罗仁莎。在战争年代，他一直将这个皮箱保存在地下室。

突如其来的造访者令罗仁莎感到意外，她很感激地接过皮箱——它完好无损地被保存下来。罗仁莎小心翼翼地打开它，心中瞬时涌起满满的回忆，泪水夺眶而出……

　　露西被她家这段跌宕起伏的历史深深地感动了，她还沉浸在曾祖父去世的悲伤之中。但无论如何，他的文字还存在着，这些从皮箱中飘出的神奇的汉字仍继续飞舞着。

　　忽然，当所有的汉字飞出来之后，它们都穿过窗户，朝着小院飘去。"露西！来，一块儿去院子里！"它们呼唤着露西，露西跟着它们跑到院子里，那里挺立着一棵高高的、巨大的银杏树。

完

北京

这些汉字飞向银杏树后，停留在树枝上，就像一盏盏灯笼照亮了庭院。在树下站立着的人，正是她的爷爷弗朗茨·华，好像他一直在等着露西。

"弗朗茨·华爷爷，您能对我说说关于中国的事情吗？"露西大声喊着。

爷爷笑了，仿佛觉得有点惊讶："弗朗茨·华？好久没有人这么称呼我了。"他从树上摘下一个汉字，递给他的孙女露西。

"这个字念Shēng,生活的意思。"
接着,爷爷开始讲起故事来……

民國十七年雙莘郊獄

紀念473位漂洋
过海的留学生。

Paul Le
Ambois

创作谈

　　这本书中叙述了姚涛一家的故事，牵涉到一段历史事件：1921-1946年，利用"庚子赔款"退赔的机遇，473位中国学生远渡重洋，先后来到法国，在中法大学留学。他们生活在"中国城堡"，即圣·依雷内堡，在那儿他们学习法文以及必要的人文常识、地理习俗等，为即将到来的进入各个专业学习的留学生活做准备。大部分学生学成归国后，成了著名的科学家、政治家、艺术家或作家等优秀人才。

　　这座特殊的文化交流学校在第二次世界大战后关闭了，但是学生们留下了大量的历史性资料：25500余册书籍和个人的文件档案被保存在现在的里昂市立图书馆的"中法大学藏书"这一部门。在德国纳粹军占领时期，这些文件档案被一位法国教师藏在地下室，因而被完整地保存下来。这本书中所取用的汉字就是来自二十世纪三四十年代的这些历史书籍中。这种字体的独特风格代表着当年的海派文化。

　　2013年，当我第一次到当年的中法大学圣·依雷内堡参观时，被深深地震撼了：这么多中国人曾经在这座城堡生活过，但此地却几乎不留痕迹，知之者甚少。我想要尽我所能改变这一情况。在此后的三年时间里，我多次到"中法大学藏书"部查阅和寻找材料，发现了许多学生的照片和发黄的信件，它们似乎在轻声地向我讲述一个个故事：如何乘坐远洋轮经历了长长的旅行；如何在这陌生的城市克服了一个又一个的困难，发生了和当地人的爱情故事并经历了战争爆发带来的变化，等等。受到这些中国留学生生活片段的启发，我创作了这本书。在阅读这些资料的过程中，我有一种身临其境的感觉，完全能体会到当年这些学生的感受——他们渡过各种难关，在这个举目无亲的国度开始新的生活。我自己也是如此，九岁那年跟随着父母，从上海这个有几千万人口的海边大都市来到德国的鲁尔区。在德国最初的那段日子里，我的内心也是充满着百般疑问和惊讶，时常感到不知所措、难以应对。

　　怀着对先辈们的敬仰和纪念，我创作了《里昂的汉字》这本图画书，它是一个跨越年代的故事：无论是否身处异国他乡，人们总会经历一些刻骨铭心的事情；战争和死亡虽然会给人们留下深深的创伤，但友情、亲情、爱情、希望等却是治愈创伤的永恒的良药。

延伸阅读

中法大学旧址

在如今的北京东黄城根北街里,大家还能看到当年的北京中法大学建筑旧址。走进历经百余年沧桑的老屋,只见院中古树荫蔽,似乎在默默地讲述着一段丰富的历史:当年为推动国内的青年留法学习,在北京大学校长蔡元培的支持下,这里曾经是一个于1920年建立的教育基地,为将要出国留法的学生提供必要的学习课程。一年后,即1921年,在里昂市政府的支持下,圣·依雷内堡建立了里昂中法大学。

中法学院

二战以后,里昂中法大学沉默达三十年之久。一直到1980年,通过中法两国医学界互相交流往来的推动,中法大学才重获新生,陆续迎来了两百多位获得奖学金的进修生,重新建立起了两国之间的科学和文化上的交流桥梁,成立了"中法学院"。

Danielle Li

新中法大学

21世纪初，圣·依雷内堡大门石头上刻着的"中法大学"四个汉字重新被涂成金色。2014年春天，中华人民共和国主席习近平亲临参观了里昂中法大学的基地，参加了新中法大学博物馆的开幕典礼。这个博物馆是里昂市政府和里昂大学以及经济、文化方面的相关伙伴合作共建的，是一个以纪念中法大学历史并主办各种中法文化展览和沙龙为日常事务的中心。新中法大学艺术方面的合作伙伴是YISHU 8——一个在北京中法大学旧址建立的当代艺术交流的画廊。

纪念一位中法文化交流大使

汉学专家李尘生女士(Danielle Li,1927—2018)，是一位为里昂中文书籍库的建立和中法文化交流做出很大贡献的人。她的父亲李树华先生是原中法大学学生，后来成为著名的音乐家，母亲是法国女士Jeanne Chantal。她于20世纪30年代初出生在杭州，后来定居里昂，80年代成为里昂大学中文系教师。她不仅培养了许多学习中国文化的法国学生，也热情照料着当时在法中国留学生的日常生活。1973年，她在外交官和汉学家纪业马将军 (Jacques Guillermaz) 的推动和里昂市政府的支持下，开始协助里昂中法大学图书馆整理中法大学图书馆的藏书，她耐心细致地进行分门别类，终于成就了如今的里昂市立图书馆中文馆藏。2011年，她也把自己的个人藏书和档案赠送给了里昂市立图书馆。

感谢里昂市立图书馆、中法学院和新中法大学提供的相关历史资料，想要获取更多信息，请登录以下网址：
新中法大学：www.ifc-lyon.com
中法学院：www.institut-franco-chinois-lyon.com
里昂市立图书馆：www.bm-lyon.fr/nos-blogs/le-fonds-chinois

图书在版编目(CIP)数据

里昂的汉字 / (德)吴祎萌著、绘—杭州:浙江
少年儿童出版社, 2019.6
ISBN 978-7-5597-1087-1

I.①里… II.①吴… III.①儿童故事—图画故事—
德国—现代 IV.①I516.85

中国版本图书馆CIP数据核字 (2018) 第268811号
审图号:国审字 (2018) 第5732号

里昂的汉字

LI'ANG DE HANZI

[德] 吴祎萌　著/绘

责任编辑:张灵羚　孙玉虎
装帧设计:"Studio 無"设计工作室 (柏林)
责任校对:潘祎丹
责任印制:孙诚
出版发行:浙江少年儿童出版社 (杭州市天目山路40号)
印　　刷:浙江海虹彩色印务有限公司
经　　销:全国各地新华书店
开　　本:889mm×1194mm　1/16
印　　张:7
印　　数:1—6000册
版　　次:2019年6月第1版
印　　次:2019年6月第1次印刷
书　　号:ISBN 978-7-5597-1087-1
定　　价:78.00元

(如有印装质量问题,影响阅读,请与承印厂联系调换)
承印厂联系电话:0571-85095376